NEGO TUDO

ANDRÉA DEL FUEGO

Nego tudo

Ficções súbitas

1ª reimpressão

COMPANHIA DAS LETRAS

Grafia atualizada segundo o Acordo Ortográfico da Língua Portuguesa de 1990, que entrou em vigor no Brasil em 2009.

Capa
Alceu Chiesorin Nunes

Foto de capa
Superstock/ Easy Mediabank

Preparação
Julia Bussius

Revisão
Érika Nogueira Vieira
Natália Mori

Os personagens e as situações desta obra são reais apenas no universo da ficção; não se referem a pessoas e fatos concretos, e não emitem opinião sobre eles.

Dados Internacionais de Catalogação na Publicação (CIP)
(Câmara Brasileira do Livro, SP, Brasil)

Fuego, Andréa del
Nego tudo : Ficções súbitas / Andréa del Fuego. — 1ª ed. — São Paulo: Companhia das Letras, 2025.

ISBN 978-85-359-4203-3

1. Contos brasileiros I. Título.

25-288062 CDD-B869.3

Índice para catálogo sistemático:
1. Contos : Literatura brasileira B869.3

Cibele Maria Dias – Bibliotecária – CRB-8/9427

EDITORA SCHWARCZ S.A.
Rua Bandeira Paulista, 702, cj. 32
04532-002 — São Paulo — SP
Telefone: (11) 3707-3500
www.companhiadasletras.com.br
www.blogdacompanhia.com.br
facebook.com/companhiadasletras
instagram.com/companhiadasletras
x.com/cialetras

Para o sinônimo, este pequeno desvio.

Ficção súbita

Ana Maria Shua, escritora argentina, deu alguns nomes à narrativa curta, entres eles, "ficção súbita". Eu também diria que é um binóculo, um comentário no elevador que despenca, a fotografia de um impasse e os amores de estufa.

NEGO TUDO

Não somos a mesma pessoa, inclusive para o seu bem.

Sou o homem certo pra te comer. Botei isso no telegrama e não mandei. Traio até hoje, a mesma, com a mesma. Carne dela é melhor que a tua, ela não se nega. Minto enquanto posso, só porque teu nome não esqueço, nem no telegrama que não sai da baia. Não fui demitido, eu mesmo pedi demissão, botei isso no telegrama. Enquanto inventar frieza, eu escapo, balão perdendo gás a poucos metros do telhado, finjo altura e você não me alcança; sem meu pau, você rasteja sob as copas. Vejo pelo binóculo teu rabo enrodilhar, enrodilha bonito, disso eu não sabia. Está na lei da inércia, você é bola de chumbo, que tanto chuto, mais a vejo no meu plano: retilínea e uniforme.

Escrever fragmentos de propósito.

O que mais gosto é ser enganada aos poucos. Ser esganada de leve, aos poucos. E arrastar a corrente no corredor do teu quarto, sem nunca entrar, só espiar tua coragem presa, entre a cama e a parede.

Os tornozelos naturalizam o que a labirintite falseia. Atravesso a rua sem pressa, depois com pressa, várias vezes, até apagar a faixa de pedestre.

Sonhei que o navio tinha mãos e levantava o próprio casco. Achei melhor não procurar a madame para decifrar o sonho, é uma vergonha empreender viagem com a embarcação, ela dirá, o barco é o homem adúltero que eu perdoo.

Roteiro recusado pelo elenco

Estão num parque, sentam-se numa gangorra. Alessandra Negrini discute Deus com Nuno Leal Maia. Chegam juntos ao apartamento, ele pela escada, ela pelo elevador.

Nuno admira Alessandra falando ao telefone fixo, ele deita a cabeça no colo dela e desenha bolinhas no ar. Nuno recebe mensagem, sai batendo porta, ela corre atrás, levando a samambaia.

Reencarnei no seu corpo, só não quis ser a mão; me esbofeteie com ela, sua autonomia.

Tenho uma pergunta, doutor: era o Dan Stulbach no banheiro? Não, você se confundiu, diga a que veio. Sonhei que minha mãe revirava minhas calcinhas. Sua mãe não deve ter acesso às calcinhas, bastou às fraldas, não dê autoridade para quem não tem função em sua vida; como estavam as calcinhas? Frouxas. Frouxas? Você não é o Dan Stulbach, doutor?

Se for o capeta, diz que eu tô no banho.

Darlene Glória e Ivana Arruda Leite foram criadas no mesmo orfanato. As duas têm dezesseis de miopia e cinco de astigmatismo. Nem de longe, nem de perto, sabem precisar o lugar onde nasceram e se isso pesa na adoção. Em vez de enxergarem pontos, veem traços: uma colher é um garfo. Quem se interessar por uma, tem que levar a outra.

Robson é filho de um aposentado e de uma taxista. Robson passou sua moto adiante, foi vender um suco haitiano com trezentos e vinte e sete aminoácidos que melhora esteatose e angina. Os três tomaram o suco na Paulista, endereço da palestra de vendas. O pai emagreceu, a mãe tingiu o cabelo. Robson arrumou uma namorada, a Marcinha, ela é filha de um feirante, o Celso. Celso se abastece no Ceasa onde Beatriz, dermatologista, compra as flores do consultório. Beatriz atende Alencar, radialista rouco, o programa é ouvido pela mãe do Robson que hoje mesmo me deixou na rodoviária, madrugada do Natal, na bandeira dois.

No canteiro da 23 de Maio, sentido aeroporto, nasceu um pé de abacaxi. Uma bromélia rasteira, pequena para o corte, gari não notou, recolheu o maço de cigarro atirado por um ciclista. Abacaxi estufou, reluziu. Um bebê na cadeirinha do Corsa viu o bicho, mas não sabia apontar.

A rua já é velocidade.

Quitéria

Tem que ser bebê de três quilos. Espatifo com os molares, jogo a carcaça na calçada pra urubu-rei ter o que levar. Tem outra sede, a do homem na esquina, que faz da carcaça coisa útil. Faz vibração pra findar casamento, tira o teto, mamadeira na sarjeta.

Aquilo pra nada serve, a pele não cobre tamborete, osso novo não faz sabão. A carne eu estendo no varal pra secar, esconder debaixo do purê de mandioca. Quando a mãe chegar eu explico que a fome é soberana, ela vai parir outros com ajuda do Senhor.

Embrulho em celofane vermelho o bebê murcho, onde tomei o suco feito laranja, dou o bagaço, tô cheia de sangue, pronta pra menstruar um menino. E sozinha, não sou mais água na sede de ninguém; já uso talco, anágua comprida, batom na pálpebra. Eu sei, pra calunga não interessa suor velho.

Foi como se mata galinha, estiquei o pescoço e passei a faca, na horizontal. Um fio segue a ponta, a geleia da medula; em vez de morrer no baço, cemitério do glóbulo, o sangue morre na minha boca, cemitério do feitiço.

A terra está aumentando, cada corpo contribui com duas ou três pás.

Ponte entre Virilio e Hume: o míssil no lugar do messias. Não só o produto da investigação deve ser tão útil quanto o pão, também o método deve ser comestível — não tem nada que prove que o avião funciona, expliquei. Virilio previu a queda das torres, conhecia a estrutura dos prédios, cada tecnologia gera um acidente, por exemplo, o dinossauro de plástico é feito por seus próprios elementos, eu dizia, enquanto Mauro chacoalhava a coqueteleira.

Qualquer homem que veio depois, não veio.

Tem o que dissolve osso e tem o que constrói. Te dissolvi pra você voltar com fêmur de macho, calcanhar sem a ferida. Por isso te construí, pra você ir embora com joelho rompido e pulso aberto. Sobram resíduos da operação, o cálcio do vai e vem, e dele fiz tua tíbia, que é minha, minha flauta.

Subsolo para os camareiros, andar de cima para a realeza, teto de veludo. Abrigaram a coroa de espinhos de Cristo e pedaço da cruz. Nem vento estufaria a cortina pesada, o calvário e o apocalipse não se movem no vitral. Uma miniatura da própria capela fica no altar, são feitas orações para o arquiteto. O rei visita aos domingos e mostra as relíquias ao povo, do balcão. É proibido usar flash e broches que reflitam o sol.

Seu mundo é a pedra do meu anel.

Expliquei pra Tânia que o número não é infinito, mas contínuo. Se atirar a linha de pesca para o alto, vai bater na cúpula. Outra coisa: o coreógrafo não dança.

Notas mentais sobre faca

Todas as facas da minha casa são de pão.

Qualquer objeto pode ser uma "Arma de Tchékhov".

"Se você diz no primeiro capítulo que um rifle está pendurado na parede, no segundo ou terceiro capítulos ele deve absolutamente ser disparado. Se não vai ser usado, não deveria estar lá", disse Tchékhov.

Faca não é rifle.

Não concordo com Tchékhov, no momento.

Faca é o tripé lâmina/ cabo/ mão.

Se eu fosse matar alguém, seria com uma pistola — a distância coopera.

Tenho pavor de faca, não posso descrever. Toda descrição é uma decisão.

Faca de pão, aqui me alongo, tem dentes tortos para cortar e não cortar, cortando. O pão é pão quando a faca o atravessa, tem som, o da farinha inchando até crispar, crocância do tempo primevo, nossos dentes quebrando osso de cachorro livre.

Faca de cortar churrasco, carne bem ou malpassada, fatias finas e uniformes. Essa faca passando na gengiva.

Faca de rocambole é a categoria mais bonita. O rocambole é seco e todas as cores têm o mesmo sabor, a faquinha vem ao lado, infantil, desdentada.

Vou contar quantas facas eu tenho na cozinha.

Vinte facas, a metade não presta. Apenas uma com cabo melhor e lâmina brilhante, com fio de corte, a deixo afastada das outras. Só meu pai usa, quando me visita. Ele não enxerga muito bem.

A faca vai machucar meu pai.

Meu pai rasga o peixe que ele descongelou. Ele mesmo pescou a tilápia num lago de aluguel, peixe saiu ingrato da água doce, ele decepou a cabeça e o rabo.

Nem Tchékhov notaria a faca de manteiga.

Uma pessoa pode levar coronhada de revólver e coronhada de faca. Agressor que dá coronhada de faca se automutila, corta a polpa da mão.

Uma caixa de facas Tramontina sobre a cama do casal, acabaram de receber a bênção. Casamento foi no alpendre. Os presentes dos noivos exibidos na cama, perto das facas, as baixelas de plástico mole e liquidificador de baixa potência.

Como o tempo demora a passar.

Minha mãe herdou a caixa de facas, coube no maleiro do quarto, com a manta que me cobriu na maternidade.

Pequena, cuidando de dois irmãos menores, usei pela primeira vez um abridor de latas.

Lata de leite condensado só foi aberta por inteiro quando minha mãe chegou. Ela pegou a faca mais próxima, posicionou na tampa e bateu com martelo de bife.

Tchékhov disse para uma moça: escreva sem trama e sem final.

Descrição de faca: repetição e fim.

Salman Rushdie, jurado de morte, foi esfaqueado numa palestra sobre liberdade artística. Ficou cego de um olho. A BBC noticiou: "o ataque provocou lesões no fígado e nas mãos de Salman — e cortou os nervos do seu olho direito". Seu olho parecia "muito dilatado, inchado", diz ele. "Estava meio que pendurado no meu rosto, na minha bochecha, como um ovo cozido."

Depois do atentado, escreveu o livro *Faca*.

João Cabral de Melo Neto escreveu *A escola das facas* em Quito, quando ocupou a cadeira de embaixador. Escreveu naquele mormaço de embaixada, quando os protocolos já tinham sido assinados, olhando o Cotopaxi, um vulcão sem pressa.

A faca Gourmet em Cerâmica Mimo Style está cinquenta e sete reais no site.

A Tramontina descreve suas facas como quem analisa estilos literários: com lâmina rígida e estreita, facilita o corte; com ponta em formato de espada, auxilia na abertura e na perfuração; com fio serrilhado, é ideal para o corte de carnes assadas.

Substitua a carne pelo texto e a lâmina pelo narrador. Narrador rígido, narrador estreito, narrador perfurante, narrador que auxilia a abertura, narrador serrilhado. A linguagem é marcial, risca o duelo no chão.

Rifle de Tchékhov, nessa altura, alguém já levou.

Faca elétrica de pão.

Mulher amarrada numa roda, com pernas e braços abertos, girando enquanto o parceiro acerta a pera a centímetros do seu rosto. Ela usa colã ameixa.

Dono do circo descascando laranja do lado de fora do trailer.

Menino furando a bola do jogo com a ponta da faca de fruta.

Gêmeos bem diferentes, ninguém diria que são irmãos, cavando o quintal com a maior faca que encontraram. No buraco justo, enterram o galo mais velho.

Jogo com dez facas diferentes para carne. Não há jogo de dez facas distintas para batata, chuchu ou inhame.

Faca cega corta, se empurrar.

Nunca me cortei, minto, fatiando cebola.

Cozinheiro quebra com a mão as juntas do boi.

Agulha é um ponto na linha reta da faca.

Meu períneo rasgado recebeu oito pontos, as perfurações fecharam o corte.

Impressão é que a qualquer momento um rei vai passar por mim roçando a cauda.

Se imagem é uma protofogueira, ela está presa no cipreste. É a premissa do autor Jogê Ateliê, ao descrever Annick de Souzenelle, a mais perturbadora ocultista francesa. Annick não se deixou fotografar, nem ser vista, conhecida pelos envelopes vazios e uma caixinha centenária com agulhas de bambu. Blavatsky a citou ao voltar do Tibete como a única ocidental a encarar chá de gordura de lhama, monge mudo e metros de escritos enrolados em carretel de madeira. A citação está errada, a que viu um monge pela primeira vez foi outra. O antropólogo Jogê não pesquisa apenas Annick, mas quem a precede: Alexandra David-Néel, que hoje é chá de cardamomo na Mariage Frères. Mais atrás de

David-Néel vem Maria de Alencastro, rainha portuguesa que lavava as espadas dos templários, rezava diante dos cavalos e os ensinava a esticar as costas.

Coloque o nome dele dentro do jiló, em três. Deixe no congelador por sete dias. Agasalhe-se ao dormir, ele vai te esquecer.

Contratei Johnny Depp para atender os pais. Insisti no uniforme.

Diane Arbus

Na foto eu sou o segundo da esquerda pra direita. Abro as pernas mais que os outros porque quem nasce primeiro abre espaço. A mãe olha pra nós e envelhece sete dias em um, ela pediu que o pai fosse ao centro. Ele chegou com quatro metros de tecido, pra gente trouxe máscaras de animais, imundas do lado de dentro, comprou num atacadista sem ventilação, o elástico ressecado não aguentaria dois usos. Nossa mãe nem abriu a sacola, a deixou no sofá e foi se entender na cozinha. Meu outro irmão, o quarto da esquerda pra direita, levou a sacola pro quintal. Abrimos a embalagem como se tirássemos os miúdos do porco para fervê-los na véspera. Forramos o chão com o tecido novo e enfileiramos as máscaras usando o critério da aptidão, do pato ao búfalo. Como eu nasci antes, escolhi primeiro. A mãe saiu no quintal, corremos com as máscaras no rosto, ela recolheu o tecido com umidade da grama. A mãe ainda não havia lavado o arroz, nem escolhido feijão, ela esvaziou um copo de água sem beber. O pai veio atrás de nós, o vimos de camisa desabotoada abrindo o portão, o suor cozinhando a gola. Do portão ele viu nossas costas dobrarem a esquina e foi para o lado oposto. Nós corremos ainda mais.

A mãe ligou pra polícia, seus filhos fugiram de casa. O atendente pediu calma, dez minutos não definia desaparecimento, hospitais devem ser procurados depois, não tinha passado tempo suficiente pra atropelamento, e delinquência é algo mais lento do que se imagina, informou. O pai foi beber aguardente num balcão, ligou em casa e avisou a decisão de procurar filho nenhum. Nessa altura, já estávamos de volta, arrependidos e estacados do lado de fora da porta. Pai passou por nós e entrou, fingiu que não nos viu sentados na escada, os cinco. Ouvimos nossa mãe perguntar dos filhos e dos pães. Esse do meio quis entrar em casa e eu o puxei de volta. Sendo o mais velho, dei ordem, ficamos aqui, a escada sustenta nosso peso.

Claro que me repito, é assim que um mantra vibra.

Sirvo grandes damas. Nunca derrubei uma taça, só quebrei uma colher japonesa, de porcelana. Nos banquetes calo-me toda, falo com o manuseio das bandejas, digo que assim seja, obrigada, senhora. Sirvo há mais de doze anos; na bandeja fica meu terço, debaixo da saia outro, fora o terceiro que enfio dentro da galinha, assada lá fora, no forno que não cabe dentro do casarão. Dessa noite não passa, mais uma que não me asseio, sonífero no lugar da cúrcuma. Convivas dormindo sobre o prato, janto eu na ponta da mesa a moela e a sopa.

Escorpião

Atena se feriu ao vestir a armadura de Aquiles, roubou do navio enquanto ele dormia. Feita para um guerreiro, a deusa não preenchia a couraça. Mulheres mortais beijavam os pés de Hebe, Afrodite bebia taças de saliva humana, sol antigo ao fundo.

Até que Belminda pausou o videocassete e o mundo voltou a ser o apartamento na Vila Euclides. Desejo de mingau. Abriu armários, botou leite para esquentar; foi estender os lençóis que a máquina centrifugou.

Acabou a festa no Olimpo, a armadura de Aquiles deixada na areia, ele não acordou, nem viu o roubo de Atena. Os créditos correram até a marca Panavision. Dona Belminda tirou a fita e sintonizou a tevê Manchete. Clodovil desenhando um vestido, dedicou o croqui para a moça da carta enviada. Belminda discou o número inscrito na tela.

Seu Clô, telespectadora da Vila Euclides pede pro senhor mandar um beijo, Belminda da Cruz Xavier.

Um beijo para Belminda que tem o sobrenome do grande Chico. Vamos à previsão dos signos, quem vai dizer não sou eu que não acredito nisso, quem vai dizer é a empregada. Falo como tem que ser. Não tenho medo de ninguém, nem do prefeito de Ubatuba.

Belminda assistiu ao cantor, receita de empadão, chá para osteopenia. Não tinha escovado os dentes, nem tocou no mingau. Rebobinou a fita, banquete, deuses, elixir, Aquiles. Telefone.

Belminda da Cruz Xavier? A produção do Clodovil sorteou seu número, confirme o CPF, a senhora ganhou um lindo barco de veraneio, pode retirá-lo na fábrica em trinta dias.

Belminda sentou na embarcação. Uma folha de alumínio com motor em lâminas, o barco cuspindo óleo na marina, um empregado da fábrica para orientar.

Tem ilha perto, vamos lá pra senhora aprender mexer.

Ele ofereceu um colete salva-vidas, ela desceu com o mar pela cintura até pisar na ilhota vazia e enxergar, na areia, um homem de bruços.

Ofélia engordou os porcos e rezou em penteadeira com pinguim de pelúcia, Playmobil de casa do campo e os pés de São José. Seu empenho é angélico e bipartido. Pergunte pra sua mãe como foi que ela conheceu seu pai.

Se perguntarem

1

Começo dizendo que o pai me bateu aos cinco anos, depois aos nove, algumas vezes antes e depois, também deu tabefe na cara da minha mãe. Não vou ficar aqui defendendo meu lado porque eu ria muito e atrapalhava a televisão sem controle remoto, meu pai não podia, do sofá, aumentar o volume do jogo e camuflar minha risadinha. Ele me bateu na festa do meu aniversário porque demorei para buscar, na despensa, as garrafas de cerveja que ele pediu. Demorei uma boa meia hora, procurando a que tinha o rótulo mais bonito. Ele me tirou do chão, puxando pelos cabelos, na frente do meu tio, irmão dele, e das minhas amigas vizinhas. Fui chorar na cama, minha tia estava para chegar, ele queria que eu parasse antes da irmã aparecer e a coisa ficar pior. Ela tinha apartamento no Guarujá quando o Guarujá era uma praia americana para americanos, jet ski era uma novidade, os protetores solares só iam até oito. Peguei insolação numa das vezes que ela me levou, assim como borbulhei no quarto que ela resolveu aquecer até o trinta.

2

Minha mãe não gosta de música. Meu pai precisava descer até a garagem, abrir o Fiat Panorama, se trancar e enfiar a fita cassete no painel para ouvir João Mineiro e Marciano. Ele já bebia bem antes disso, chegou a me confundir com uma desconhecida ao voltar do bar dirigindo devagar para não bater. Teve um Fusca e um Passat que cheirava a Hollywood vermelho, meu irmão asmático no banco de trás numa volta de Minas Gerais. Meu pai com o cigarro na boca, a mais de cem por hora, as janelas abertas para o menino respirar, o vento devolvia a fumaça para o banco de trás, dentro do brônquio do caçula. Ele ia desacelerando enquanto fumava e buscava lugar no acostamento em frente à plantação de eucalipto, foi procurar folha caída para inalação.

3

Pai foi entregar o mimeógrafo que ele consertou, numa escola infantil. Minha mãe pediu que me levasse para inibir uma escapulida. Meu pai me deixou trancada no Panorama. Asfixiada, vi ele saindo da escola dando beijo na boca de uma mulher risonha, vestindo avental de cozinha. Minha mãe descia quatro andares, ia fazer a unha numa moça que tinha marido bonito até para mim que não entendia. Ele ria pra todo mundo, minha mãe ria muito perto dele, os três riam, a manicure, seu marido e minha mãe. Eu não saía de perto dela, posso garantir que a risada era o melhor momento do dia, da semana, do mês, da minha vida até aqui.

4

Meu amigo do colégio técnico riscou o capô de um Passat. Colégio profissionalizante, turma da noite. Se eu for honesta, posso jurar que ele não riscou nada, quanto a mim, só precisei fingir presença no estacionamento. O dono do Passat era professor da manhã, ensinava revelação de fotografia para detetives de anúncio e editar propaganda das batedeiras Arno.

5

Fui madrinha de um policial militar, ele casou com minha melhor amiga. Na cerimônia, seguranças na porta conversavam sobre motor, salada de palmito e tapete para assoalho de camburão. A festa terminou às nove da noite, o casal viajou para Poços de Caldas. O teleférico foi primeira escolha pela manhã, na subida, operador precisou parar o mecanismo, aconteceu nada com eles, aconteceu com a família da frente.

Melancolia sim, não tô pra gracinha.

Existe um único sentimento, dele saem outros. Como a ilusão das sete cores que traz o espectro solar, essa evocação obsedante. De modo que o amor é transparente, luz não é cor. Amor não é do jeito que chamamos, ele não vem. Ele fica lá. Amor é uma distância, o intervalo entre nós e seu centro. Estamos longe porque somos atirados à trajetória curva, em órbita para seguir o ritmo, não para ditá-lo. Se amar, não se mova.

O corpo da Isabel de França virou nuvem baixa sobre as telhas de um camponês, chegou a descer pela chaminé, defumou o pão sem fermento. Maria Antonieta tem fisgada na têmpora quando limpo seu nome na cripta.

Não é Cristo a mulher que viu o corpo ressurgir? Ungido não é aquele que enxerga?

Fotogramas

RODOVIÁRIO

Gafanhotos mambembes numa Kombi, dirigida por vigaristas, rumo ao Zimbábue.

EPISTOLAR

Despeço-me aqui, lembrando que o marca-passo da Elza ficou na gaveta.

INFORMATIVO

A empresa não se responsabiliza por zabumbas deixadas nos assentos.

Perceber a mente fazendo conexão, só a estrutura, sem as palavras, a estrutura pura, a estrutura pensando sozinha, o corpo sentindo que pensou, mas sem uma frase no cérebro.

Bancos estreitos, as capas se encostam enquanto a fluoxetina chega ao duodeno das senhoras, elas se sentam de costas para o sentido do vagão, não veem o percurso de frente. São de porcelana, trincadas da base à borda, sulcos que elas cobrem com talco Vinólia. O efeito chega à alça da xícara, o tremor recua e reforça o soluço.

Para dar fungo, acomodei a infiel em caixa úmida.

Quero provas de nossa verossimilhança, quero ir pruma cama de molas e me sacudir com a palavra que desonra.

Kafka tem varizes na perna esquerda, a que ele arrasta a caminho da natação. Não usa touca na piscina, deixa os óculos no banco do vestiário. Nada de costas, um braço longe do outro. Na contramão, um senhor.

Os amantes de mamãe

Mamãe se apaixonou.

Ela ama um cara, ele telefona e fica mudo. Mamãe resolveu terminar o caso, ele se angustiou, o amante. Mamãe tem medo de ser morta por ele, não pelo meu pai.

Amante que perde pro marido tem certeza de que perdeu nada. É o que ele pensa, soluça no chuveiro enquanto mamãe tem cólica de rins; ela tem remorso nos quadris.

Meu pai vai às terças ver Glorinha. Mamãe sente o cheiro de outra e se perdoa, ela adora perdão, pudesse vestia o penhoar de Nossa Senhora e dava perdão da janela.

Ela vai ligar para o amante, ele não vai atender, ele bebeu até esquecer. Esquecido, se enamorou de uma solteira.

Você é a cara do meu pai. O carnê em dia, a pontualidade na traição, sempre às quintas. Calcula as sobras e os zeros. Se perfuma, bebe pra ter coragem, bate o carro, diz eu te amo com sinceridade de padre.

Senhor, me tranque a rua que agora só se for pra valer. Pra valer só com o Giramundo, que é sem perdão e com hóstia de pimenta. O corpo da comunhão ardendo na língua, pregado no céu da boca.

Quero um homem pra fazer dele um pai de seara, homem que defume minha casa com ervas do cerrado. Você é a cara do meu pai, mas quero pra mim o amante de mamãe.

Só me encaixo na abertura que a grande morte traz, não choro mais morte pequena.

Não mando mais bilhete dentro da garrafa, eu mesma vou nela. Amarrada por barbante, um nó cortês. A garrafa arranha tua canoa, para me abrir tem que quebrar. Problema é que não suporto o golpe, sou folha de sagu, fécula de palmeira. Vai atirar o vidro contra as pedras, me ver esfarelar e não ler o que vim escrita; em tinta solúvel, tinjo tua mão e o mar. Depois vem o baú e o estrado, todos boiam até a costa. A pulseira fina a vaga traz depois, em lápis-lazúli, teu nome no verso, oxidada nas juntas.

Sereia de peixaria.

Ava dorme no colchão sem lençol, usa cotonete para limpar tártaro do azulejo. Caminhão estaciona na sua porta, um casebre com caixa empilhada até o teto. O motorista não desce, fica na boleia, toma um gole de alcatrão. Assiste, pela telinha, ao gol do time português, adormece. Ava não sabe que Anselmo já chegou da estrada, nem que ele é canhoto e vende calhas no litoral.

Passo o tempo com ferro bem quente. Não deixo vinco, borrifo água perfumada e visto depois, esse vestido pra noite, cobrindo os calcanhares. Depois você vem dormir comigo como se pudesse ir junto. Como se o ferro pudesse alisar o mar. O tempo laceia, mas não me estica mais.

Carne untada com óleo de flor, britas de sal, cama de batatas, benzida com cheiro-verde. Tampa e abafa. Uma luva pra desabotoar à mesa, outra pra tirar o suspiro do forno. A digestão em roda da praça, a fonte borrifa, tomara que caia, a gota presa na saboneteira. Chapéu de aba larga pra caber você debaixo, inteiro na sombra, ao passo da minha.

Tenho chegado depois. Não alcanço o assento da janela, na mesa onde se brinda estar nela, uma hora atrasada. Em você que ainda pensa, em mim que agora entendo, anos depois.

Coxinha da mão é a parte mais nobre do corpo humano. Mamãe passou na frigideira, a coxinha sozinha no centro, não provei porque era minha. Ela cobriu com caldo de rã, deixou ferver até doutrinar as fibras. Minha mão direita está inteira, a esquerda ela fritou. Escalpelei dois primos, eram marceneiros da Galileia, uma travessa da Francisco Morato. Resolvemos assar o antebraço de um deles, descansei a peça na bacia besuntada na manteiga, arranquei as unhas dos dedos pra gente não engasgar, massageei os tendões pra soltar a cartilagem, embrulhei no alumínio, fogo até soltar o perfume da gordura. Chamei mamãe, ela desceu de banho tomado. Décio? Confirmei, deitando a forma na mesa.

O corpo é espada desembainhada, adorada em altares onde o sacrifício é vê-la sem a manusear, privilégio da pedra.

Andressa

Gosta das fotografias onde se alguém é coxo não se nota. É branca azeda, não sai ao sol, o dia deixa ela mais manca; o passo pisca, a perna se envergonha dos outros, caminha gaguejando. Andar em vez de ser reto, faz curva de anzol no sentido horário.

Porque não sai do casarão, onde mora com as primas e Juvêncio — o tio —, tem moleza no corpo, flacidez. Bacharéis a querem, seu dote é uma fazenda de gado, mato aparado para boi não tropeçar. As axilas aparadas, lá, boi não pasta. Tudo aparado para vista só dela. Ninguém chega, Juvêncio não permite.

Para Juvêncio nada muda tocar ou não tocar, Andressa é criação ciscando pela propriedade.

Ela escapole com a perna mais curta, faz poeira com o pé debaixo da mesa. Festa à noite, ela sentada para não mancar, toalete no fim do baile para ninguém ver a lentidão. A brancura de linho para os garfos dos bacharéis; Juvêncio roendo perna de galinha, picando moela para molhar no purê, café e compota no fim. As primas não falam, nelas o cortado foi a língua.

Andressa de Assis, registrada em cartório. Assis de pai, Andressa de mãe. Quica se corre, quica se fica.

Quando soube que despejaria um ovo cru por mês, engravidei de uma história, que só posso expelir escondida.

Tô indo te buscar. Não saia antes das seis, porque chego exato às seis. Assim que pisar na faixa, te atropelo. Nem anda direito, essa anca estreita que foi minha alça. Vou deformar teu quadril com as rodas, dar ré nas costas. Além do quê, você não tem código genético pra digerir tremoço.

Pra ser jogada da sacada eu peço um tambor e palma grande, percussão pra vibrar a medula, tirar o pino da granada.

Rastejei até me encostar num caule que desse sombra. Pelo rabo me puxou para dentro da tua casa. Sou tua doméstica, te engordo com farinha e açúcar. Te colo na parede como selo no envelope, ilumino com abajur. Vou gangrenar tua perna, mas não agora que estou enrodilhada.

Deusemar

Deusemar tem insônia ao contrário. Conta carneiros de trás para frente, começa no cento e vinte e quatro e vai voltando. Dorme lá pelo vinte e dois, vinte e três. Para a família diz que estuda trancada no quarto, leva o lanche, quer foco nas fórmulas. Deusemar mal passava das quatro da tarde, às três e vinte dormia. Para homem diz que já tem um, conheceu Josimar, ele surge no terceiro estágio do sono e desaparece também no terceiro, na volta.

Josimar dá curso de memorização, atende na fila, de paletó lilás. Enquanto o fígado se encharca com um terço do sangue, fisiologia do sono, a alma se enfileira em alguma repartição conforme o pai-nosso rezado ao deitar. Josimar atende os de pai-nosso completo, sem erro na frase, atende quem diz "que assim seja" ao final. Para outras variações, outras filas.

Com lista na mão, ticou Deusemar. Ela entrou no auditório e então o palestrante ministrou as graças da memória contínua. A que não se engastalha nas rugas do crânio, passa fluida até o músculo e fornece ao sonhador erudição, frases nos salões. Deusemar estava no quarto estágio, mais um e se formava.

Combinaram encontro no fim do semestre, ela com certificado, ele com férias. Trocou carneirinhos por galinhas, que pulam mais rápido e se pode contar mais, ela agora com mais memória. Começou no milhar 1789: Revolução Francesa e a junção de cachorro e urso no jogo do bicho. Contou desta vez no crescente e foi até 2332: cabra e camelo. Foi chegar na fila e não ver Josimar. Disseram que tinha ido embora com Soraia, moça em coma induzido, sem data de retorno.

Cantou reza de lanchonete, cebola e picles num pão com gergelim; mantra inverso para voltar ao corpo. Não ia. Não voltava. Desenganada, foi até a beirada da nuvem, edifício alto, e se atirou. Caiu no corpo às seis e vinte da manhã, atirado na cama, debaixo do edredom, aos vinte graus de peixes.

As cordas da voz tomaram sereno, sem nosso cobertor estendido, o varal fica frouxo. Uma nota, maestro.

Não troco os lençóis há dois meses, e acho pouco. Dispensei todo pano entre mim e o colchão, a não ser que você traga uma toalha de mesa bem chacoalhada na varanda, sem migalha de vagabundo.

Tua sorte me é de punho e propriedade.

Amo pelo rosto, onde vejo o que me escorrega, corredor uterino é aquele que leva à garganta, não ao Falópio.

Amo pelo rosto.

Dia que a papisa voltar tiro a saia rodada. Rodopio no mesmo eixo, pião de ponta rosa, sapatilha pompom. Aqueço os tendões fazendo borboleta; meus braços, meu arco, atiro a seta. Estou muda que é pra esperar como se deve, no sacerdócio. Amanhã apareço no teu córtex, como agora.

Adelmo perguntou se eu tinha cólica. Respondi que sim. Então não passe perto do limoeiro. Não avistei a fruta. Limão aumenta dor nos meses de abril, ele avisou. Estava frio pra banhar em cachoeira, o guia se perdeu quando entrou na trilha mais fina que meu braço. Isso aqui vai pra onde, eu quis saber. Matagal é manso, água que é perigosa. Eu devia voltar, esfregar limão aberto no meu rosto, subir de vez o ardume. Daqui pra frente, senhora, é tronco que descasca, pau de mato, unha-de-gato que desincha baço. Zunido cheio perto do ouvido, o guia de cachoeira recomendou repelente. Ofereceu ajuda, que eu me sentasse na pedra mais alta e tirasse a galocha. Ele se acocorou no chão, escorreu óleo no peito dos meus pés. Massageou o dedinho um pouco mais, disse, minha esposa trouxe da Congregação, o óleo unge, espanta mosquito e frita peixe.

Sem vento não se poliniza o reino, sem reino não se poliniza a mulher. Sento no colo do rei, foda-se.

Num sistema de dois sóis, o coração fica na garganta e o homem fecunda com clorofila. Mulher menstrua vinagre de maçã, as praias têm areia de esmeralda moída. Não tem número nas casas, nem carteiro. Os pulmões são visíveis a olho nu, uma calêndula que incha e desincha. Pulverizam plantações de menino, para controlar joaninha, praga da fase adulta do menino. Meninos nascem das espigas, do que sobra da colheita, faz-se mingau temperado com anis. O primeiro que se serve dele tem autorização para um telefonema, é quando aqui nós atendemos a campainha.

Vou até a torre pra me deitar debaixo dela, ver sua ponta, agulha no disco, pinicando Edith Piaf. A torre um garfo, o céu a mesa. Valso no salão, tenho dote, mas não caso. Princesas não são degoladas, primeiro as rainhas.

Tem pinto que dá azar. Traz um pesar que você não tinha antes. Dentro de você um amor, fora ele atira contra, e mira.

Despeja na banheira sardas de baunilha, prepara o bidê com sândalo e jasmim. Cada dia uma colônia, uma gota para subir a pressão seis por oito. Nos pés fragrâncias voláteis, nos ombros as fixas, para não exalar vento à toa. Faraó deu aos deuses o sacrifício de três mil bois, odor espesso, melando a terra. Menstrua, menina. Basta um pano úmido, o da cisterna, com água corrente e sulfurosa.

Quero mais do teu xixi pra encharcar tapete, sem abrir janela, ligar ventilador. Você sobe no sofá, eu viro a maçã do atirador. Mire meus fios e os enxágue, da nuca pra frente: teu amoníaco quebra a maciez e a fibra do brilho.

Ela voa com um peteleco.

Guichê de contorno é o nome que deram para cabine de telefone nos anos 80. Estreito, precisa deixar o braço colado ao corpo. Fecha a portinha, orelhão toca, não atende, não é para atender. Alguém bate do lado de fora, você acena espere um pouco. A outra mão no bolso da bermuda para não puxar o cabelo até rebentar o bulbo. Batem mais forte, uma fila se forma, são duas idosas, atrás delas, uma menina de oito anos carrega um banco, vai subir nele para alcançar o telefone quando chegar sua vez. As idosas vão telefonar para os filhos que viram ontem, saber resultado do exame de rotina. As duas fazem tudo igual e não se conhecem. A menina foi a mãe que mandou, vai telefonar para a repartição do pai, ele já devia ter chegado em casa, a mãe pediu: se atender uma mulher, pergunte o nome. A menina com lápis e papel para anotar o nome Soraia, caso ela atenda.

O cavalo vestido para o baile, a mulher esgotada na beira da cama, o serviçal que ainda tem licores para servir. Os pés da cama são cabeças de elefante, homens puxando mulheres pelos cabelos, congelados no ápice. Um visitante, calvo e calmo, golpeia a tela, na altura dos licores.

Vó sem uma válvula no coração, condição congênita, espera morrer um homem de noventa quilos, medindo um e sessenta. Ser transplantada e viver seis meses. Previsão de sua morte é 18 de agosto de 1957. Vó autorizou, eu assinei, seu marido tem um e sessenta, pesa noventa quilos.

Tomei um elevador com Clarice Lispector. Ela usava um vestido esmeralda e uma opala pendurada numa corrente. Segurava o cigarro para acendê-lo quando saísse, me olhou do joelho aos pés. Eu parei no térreo, ela continuou descendo.

Trama apertada

Pelo longo, olhos vermelhos e a fêmea primordial, eu e ela na mesma tapeçaria. Ninguém pode comprar. Talvez o marido da Tamara de Lempicka. Mas ele morreu, a Tamara morreu, o talco fúnebre jogado no México, dentro do vulcão. Depois dela, ninguém me olhou tanto. Quando vinha sozinha chorava porque eu não existia. Secava a lágrima e ajeitava o casquete. Queria ser eu, um unicórnio de crina sedosa.

Um dia apareceu um estudante vestindo bege. Ficou sentado na minha frente sem me dirigir os olhos. Anotava num caderno qualquer coisa que começava com "chapéu". Ele se protege, prefere a cabeça coberta, escondendo a hipófise e o hipotálamo. Grande coisa, perfuro qualquer fronte.

Pudesse enrolava o cadáver de Tamara, eu, esse tapete pesado. Mas a quiseram cremada. Eu toparia arder com ela, ir primeiro ao fogo, queria contar que o marido cochichou serenata no ouvido de outra aqui no museu. Diria tudo enquanto acendem a pira. Que saíram sorridentes, que a moça esqueceu o cachecol no banco.

Tamara quando vinha sem ele, vinha só. Não me traía nem com o amante, que ela deixava onde se deve, no quarto sem quadros nem outra distração. Cortina e assoalho é do que ela gosta, o que não quebra não pede acolchoado.

Deitada no meu felpo, ela teria cócega, suportaria o corpo dela e do homem que escolhesse pela sala, iríamos os três pela madeira encerada até que uma parede nos escorasse.

Estendam-me onde eles pisam que saio do tear, me tirem da parede, do museu, gente me anotando. Desenrolado pelo chão, Tamara levanta minha ponta e com o pé empurra o ódio por baixo.

Lá vem a funcionária apagar a última lâmpada. Sorrio sempre, procuro disfarçar. Sou o unicórnio do tapete medieval. Tamara escondeu uma carta nas minhas costas, entre meu sisal e a parede. A carta foi escorregando, agora está sob as patas, onde é lugar de amor assim.

Pra você que amou, amou até o fim; não essa coisa que se esquece com outro, falo de amor pra foder tudo, veneno em óleo fervente. Pra você que tem queloides de fogo, marca sagrada e estúpida. Pra você que amou assim, eu continuo sem piedade nos rins. Filtro um terço do rio, o resto tomba pelo meio das costas, cai na bacia, represo. Vou pra casa do caralho, onde o pau sou eu, alargando a carótida com lança de bronze. Bronzeada. Na beira. No fim.

Vá, quem me abandona floresce.

Sobre este livro

Nego tudo recebeu, em 2005, uma versão artesanal e numerada de 107 exemplares, com edição cuidadosa de Cristiane Lisbôa na Fina Flor. Um livro confidencial que levou o mesmo título. Nesta versão, totalmente reformulada, alguns contos ficaram no passado, os originais persistentes foram reescritos e inéditos os acompanharam.

Agradecimentos à Fina Flor, Cristiane Lisbôa, André de Toledo Sader, Maria Adelaide Amaral e ao coletivo Vacas Facas Loucas Fadas.

1ª EDIÇÃO [2025] 1 reimpressão

ESTA OBRA FOI COMPOSTA POR ACOMTE EM MERIDIEN E IMPRESSA PELA GRÁFICA BARTIRA EM OFSETE SOBRE PAPEL PÓLEN BOLD DA SUZANO S.A. PARA A EDITORA SCHWARCZ EM NOVEMBRO DE 2025

FSC
www.fsc.org
MISTO
Papel | Apoiando o manejo florestal responsável
FSC® C105484

A marca FSC® é a garantia de que a madeira utilizada na fabricação do papel deste livro provém de florestas que foram gerenciadas de maneira ambientalmente correta, socialmente justa e economicamente viável, além de outras fontes de origem controlada.